AF592581

27 JANV. 1885

Vente du Mardi 27 Janvier 1885

HOTEL DROUOT, SALLE N° 1

A DEUX HEURES ET DEMIE

REMARQUABLE
PORTE D'APPARTEMENT

EN CHÊNE SCULPTÉ DU XVIe SIÈCLE

MÉDAILLES ET PLAQUETTES ARTISTIQUES

DU XVIe SIÈCLE

BRONZES D'ART ET D'AMEUBLEMENT

MEUBLE DE SALON, TAPISSERIE ÉPOQUE LOUIS XVI

TAPISSERIES GOTHIQUES

EXPOSITION PUBLIQUE

Le Lundi 26 Janvier 1885, de une heure à cinq heures.

Me P. CHEVALLIER	M. E. GANDOUIN
COMMISSAIRE-PRISEUR	EXPERT
Rue Grange-Batelière, n° 10.	Rue Le Peletier, n° 32.

PARIS — 1885

ÉTUDE DE Mᵉ **Paul CHEVALLIER**, COMMISSAIRE-PRISEUR
Rue Grange-Batelière, 10

VENTE AUX ENCHÈRES PUBLIQUES

D'UNE REMARQUABLE

PORTE D'APPARTEMENT

EN CHÊNE SCULPTÉ DU XVIᵉ SIÈCLE

PROVENANT D'UNE MAISON DE ROUEN

(Rue Croix-de-Fer)

MÉDAILLES ET PLAQUETTES ARTISTIQUES

DU XVIᵉ SIÈCLE

BRONZES D'ART ET D'AMEUBLEMENT

Faïences et Ivoires anciens

MEUBLE DE SALON, TAPISSERIE ÉPOQUE LOUIS XVI

SIÈGES DIVERS

TAPISSERIES GOTHIQUES

ET AUTRES

HOTEL DROUOT, SALLE Nº 1

Le Mardi 27 Janvier 1885

A DEUX HEURES ET DEMIE

Mᵉ P. CHEVALLIER	M. E. GANDOUIN
COMMISSAIRE-PRISEUR	EXPERT
Rue Grange-Batelière, nº 10,	Rue Le Peletier, nº 42.

CHEZ LESQUELS SE DISTRIBUE LE CATALOGUE

EXPOSITION PUBLIQUE

Le Lundi 26 Janvier 1885, de une heure à cinq heures.

PARIS — 1885

CONDITIONS DE LA VENTE

La vente aura lieu expressément au comptant.

Les Acquéreurs paieront CINQ POUR CENT en sus du prix d'adjudication.

DÉSIGNATION

PORTE D'APPARTEMENT DU XVIe SIÈCLE

EN CHÊNE SCULPTÉ

1 — Le motif principal de la porte représente Diane assise sur un char traîné par deux cerfs ; de chaque côté du char marchent deux nymphes qui sonnent de la trompe.

Les chambranles et le linteau sont sculptés et ornés d'arabesques et de têtes d'anges. L'imposte est orné de deux colonnes plates séparant trois caissons, chargés d'arabesques. Du côté opposé, la porte est ornée dans le panneau supérieur d'un bas-relief représentant Hercule combattant le Lion de Nemée ; ce motif est cantonné de quatre masques chimériques et la partie inférieure de la porte est ornée d'arabesques.

Cette remarquable porte provient de la maison de la rue Croix-de-Fer, à Rouen.

La cheminée de la même maison a été acquise pour le musée de Cluny, en 1880.

Hauteur depuis le sommet de l'imposte au sol 3,30.
Largeur aux pieds des chambranles 1,55.

OBJETS D'AMEUBLEMENT ANCIENS

DU XVIe AU XVIIIe SIÈCLE

2 — Ameublement de salon : Un Canapé et six Fauteuils en bois doré, recouverts en tapisserie du temps de Louis XVI, les Dossiers à Médaillons contenant des figures ; les Sièges à sujets d'animaux, tirés des fables de Lafontaine.

3 — **Epoque Louis XIV.** Bibliothèque vitrée en bois noir, à filets de cuivre et sommet cintré.

4 — Lit en bois sculpté. Art français du XVIe siècle.

5 — **Epoque Louis XVI.** Pendule en marbre blanc et bronze doré, dont le sujet représente l'Histoire écrivant les fastes du règne de Henri IV. Dorure du temps.

6 — **Epoque Louis XVI.** Paire de Flambeaux droits cannelés, ornés de pointes d'asperges et de guirlandes de lauriers. Dorure du temps.

7 — **Epoque Louis XV.** Quatre Chaises bois sculptés et dorés, garnies de tapisseries à bouquets de fleurs.

8 — **Epoque Louis XIII.** Table en bois de palissandre à six pieds tournés.

9 — **Epoque Louis XVI.** L'Enfant à la Colombe. Statuette sur socle, en marbre rouge antique.

MÉDAILLES ET PLAQUETTES ARTISTIQUES

DU XVe AU XVIIIe SIÈCLE

10 — **PLOMB**. Buste de profil tourné à gauche, par le Pisan. PRAECLARA — PARENS — IVDOVICA FRANCISCI — ET MARGARITAE.

Pièce de la plus grande rareté.

Diam. 0,10.

11 — **PLOMB**. Plaquette ovale. L'Ivresse de Silène et Bacchanale.

H. 0,120. L. 0,225.

12 — **BRONZE**. Plaquette : Bacchus. Art italien du XVIe siècle.

H. 0,085. L. 0,026.

13 — **BRONZE**. François Ier. Plaquette ronde. Buste tourné à droite, coiffé d'une toque à plume : FRANCISCUS — 1 — FRANCORUM — REX — C 43. Art français XVIe siècle.

14 — **BRONZE**. Plaquette ronde : Hyppolyta — GONZAGA — FERDINANDI — FILA — AN XVI en Buste profil tourné à droite.

D. 0,067.

15 — **BRONZE**. Médaille ronde. Paul II : PAULUS — VENETUS — PAPA — II. Profil tourné à droite. Revers : LETITIA — SCHOLASTICA — A — BO.

Diam. 0,032.

16 — **BRONZE**. Médaille Saint-Paul : VAS — ELE-TIONIS — PAULUS — APOSTOLUS. Revers : BENEDICIE — INEXCELCIS — DEO — DOMINO DE — FONTIBUS — ISRAEL — IBIBENI — ANIM — ADOLESCNULVS — EXCESSV.

Diam. 0,088.

17 — **PLOMB**. Elisabeth d'Angleterre. Médaille ronde. Elisabeth — D — G — Ang. — FR — ET — HIB — REGINA. Revers : un Portique sous lequel un Mont frappé de la foudre. Deux figures assises et : NATA — V Sept. 1533, Cor 15 l'an 1559 — M — 24 mor 1603.

Diam. 0,044.

18 — **BRONZE**. Médaille : LVDOVIC XIII D — G — FRANCOR — ET — NAVARÆ — REX. Revers : ANNA — AUGUS — GALLIÆ — ET NAVARÆ REGINA.

Diam. 0,058.

19 — **BRONZE**. Les Fourches caudines.

Les Samnites avaient été vaincus par Cornelius Artina ; le Sénat romain refusa leurs propositions de paix ; Pontius, leur général, les souleva de nouveau et attira dans une gorge des Apennins l'armée romaine, la vainquit, et fit passer les vaincus sous le joug.

Œuvre d'un artiste florentin du XVIe siècle. Plaquette ronde.

Diam. 0,042.

20 — **BRONZE**. Plaquette ronde, monog. en creux PDC : URSEL — MAYER. Buste de profil tourné à droite, coiffée d'une toque.

21 — **BRONZE**. Médaillon ovale : Paul II, pape. PAULO — VENETO — PAPI II — ITALICE — TACIS — FUNDATORI — ROMA. Revers : Même effigie et inscription en creux.

H. 0,039. L. 0,033.

22 — **BRONZE**. Plaquette carrée représentant le Christ présenté au peuple. Art allemand du XVIe siècle. Plaque fort bien ciselée et dorée.

H. 0,180, L. 0,135.

23 — **BRONZE**. Plaque carrée. La déposition de la Croix, composition de huit Figures bien ciselées et damasquinées d'argent. Art italien du XVIe siècle.

H. 0,200, L. 0,150.

24 — **BRONZE**. Seig. : Hieronimi. Scotti : PLACENT. Au revers : Utcumque. Art italien, XVIe siècle. Buste, tête tournée à gauche, coiffé d'une toque ovale. Haut relief.

H. 0,066, L. 0,056.

25 — **BRONZE**. Mutins Scœvela. Très jolie Plaquette du XVIe siècle.

H. 0,06, L. 0,05.

26 — **BRONZE**. Plaque en forme de frise. Jeux d'Amours dont un caché derrière un masque d'homme barbu. Art italien du XVme siècle, manière de Donatello.

H. 0,047, L. 0,081.

27 — **BRONZE.** — Plaquette ronde, ornements dans le goût de Berain, et Réserves ornées de Sujets champêtres, époque du XVIIe siècle.

Diam. 0,02.

28 — **FER.** Plaque rectangulaire, repoussée. gravée et damasquinée d'or. Représentant un Personnage assis dans un Médaillon près duquel Deux satyres debout sonnent de la trompe. Art italien du XVIe siècle.

H. 0,056, L. 0,082.

29 — **BRONZE.** Plaquette ovale dorée, un Sacrifice. Art italien du XVIe siècle.

H. 0,037, L. 0,032.

30 — **BRONZE.** Plaquette ovale. Maurice de Nassau.

H. 0,056, L. 0,044.

31 — **BRONZE.** Plaquette ronde : cavalier romain fournissant une course dans un cirque. Art espagnol du XVIe siècle.

Diam. 0^{m}034.

32 — **BRONZE.** Plaquette ovale creuse : profil de Satyre tourné à gauche (l'Arétin). Art italien du XVIe siècle.

H. 0^{m}042. L. 0^{m}033.

33 — **BRONZE.** Plaquette rectangulaire représentant un Athlète domptant deux taureaux. Art italien du XVIe siècle. Signé O. Moderni.

H. 0^{m}07. L. 0^{m}051.

34 — **BRONZE.** Plaquette ovale : Buste d'homme tête nue, profil tourné à droite; le col entouré d'une fraise, le buste dans une armure.

Remarquable œuvre de ciselure du XVIe siècle. Signé Gas-Molo

H. 0m045. L. 0m038

35 — **BRONZE.** Plaquette ronde : Bacchanale, par Valerio Fiorentini. Art italien du XVIe siècle.

Diam. 0m055.

36 — **BRONZE.** Plaquette rectangulaire : le Char de la paix ; XVIe siècle.

H. 0m065. L. 0m125.

37 — **BRONZE.** Nativité. Plaquette rectangulaire dorée. Art italien du XVIe siècle.

H. 0m085. L. 0m066.

38 — **BRONZE.** Anne d'Autriche en buste, profil tourné à gauche. Plaquette ovale.

H. 0m075. L. 0m064

39 — **BRONZE.** Plaquette dorée : Saturne. Très-beau travail du XVIIe siècle.

H. 0m061. L. 0m105

40 — **BRONZE.** Médaille ronde. F. IO. — VALLETTA. — M. M. HOSP-HIER, profil tourné à droite. Revers: un Combat. UNUS X MILLIA.

Diam. 0m05.

41 — **BRONZE.** Plaquette dorée : la Déposition de la croix. Art italien du XVIIe siècle.

H. 0m106. L. 0m074.

42 — **BRONZE**. Dessus de Mouchettes en haut-relief. Art italien du XVIe siècle.

43 — **BRONZE DORÉ**. Plaquette représentant un Cheval caparaçonné et galopant. Travail du XVIIe siècle.

44 — **ARGENT**. Plaquette repoussée et ciselée. Art français du XVIIIe siècle.

H. 0m088. L. 0m058.

45 — **ARGENT**. Bas-relief représentant un choc de cavalerie. Travail postérieur au XVIIe siècle.

46 — **BRONZE**. Plaquette ovale, buste d'homme barbu, de profil, tourné à gauche, les cheveux retenu par un diadème. Art italien du XVIe siècle.

H. 0m049. L. 0m037

47 — **BRONZE**. L'Adoration des anges. Art italien du XVIIe siècle.

H. 0m20. L. 0m15.

OBJETS DIVERS ANCIENS

DU XIVe AU XVIIIe SIÈCLE

48 — Deux Grilles de l'époque Renaissance, ornées de fleurs de lys.

H. 0,90.

49 — **BRONZE**. Mortier orné sur la panse d'une zone ornée de masques d'enfants ; d'un sujet : Chasse à courre, et de l'inscription : AMOR OMNIA VINCIT. 1697. Art français.

50 — **BRONZE**. Mortier orné en relief sur la panse d'armoiries et figures allégoriques et de l'inscription : WILKE-STEINCK, ANNO 538. Art allemand.

51 — **CUIVRE DORÉ**. Monstrance du XVIe siècle, ouvrée et ciselée.

52 — **BRONZE**. Monstrance, dont le reliquaire, découpé à jour, est orné de motifs architecturaux et le pied de petits émaux montés en cabochons. XVe siècle.

53 — **BRONZE**. Henri IV. Petit Buste, sur socle de granit rose d'Egypte.

Ce Buste, reproduction du temps de ce roi, a été exécuté d'après Barthélemy Prieur.

54 — **BRONZE**. Marie de Médicis. Pendant du précédent, de même époque et monture.

55 — **IVOIRE**. Triptyque, dont le sujet central représente le Calvaire et les Volets, Saint-François et Saint-Thomas de Canterbury, XVIIe siècle.

56 — **IVOIRE**. Diptyque du XVe siècle. Le volet de gauche représente, à sa partie supérieure, le Calvaire, et à la partie inférieure, Saint-André, Sainte-Anne et Saint-Paul ; le volet de droite représente le couronnement de la Vierge, et à la partie inférieure, Saint-Pierre, Sainte-Catherine, Saint-Marc.

57 — **IVOIRE.** Plaque carrée, représentant une Déposition de la Croix. Art français du XIVe siècle, d'un beau travail et caractère.

58 — **IVOIRE.** Pièce pour socle de Vase, sculptée, orné de fleurs et arabesques. Art ancien chinois.

59 — **IVOIRE.** La Vierge tenant l'Enfant. Jolie Statuette du XIVe siècle, très bien drapée.

La Vierge est représentée debout, supportant sur son bras gauche l'Enfant assis, le bras droit appuyé sur l'épaule de sa Mère, laquelle a le bras droit le long du corps et tient de la main droite une fleur.

60 — **BRONZE.** Mars, Vénus. Deux belles Statuettes sur socles triangulaires richement ornés. Belles reproductions des Chenets de la collection Persigny.

61 — **BRONZE.** Encrier de forme triangulaire, orné d'une Statuette de Satyre agenouillé, portant de la main droite un flambeau. Art italien du XVIe siècle.

62 — **BRONZE.** Antique égyptien. Chat assis (Ichneumon). Statuette.

63 — **CUIR.** Boîte de poudrière recouverte de cuir gaufré et gravé avec rinceaux et Chasse au Sanglier, du XVIe siècle.

64 — **CUIR.** Poudrière en cuir gravé et repoussé. Animaux chimériques affrontés, du XVIe siècle.

65 — **CUIR.** Ecrin d'écuelle en maroquin rouge semé de fleurs de lys d'or, travail de l'époque Louis XIII.

66 — **ARGENT.** Petite Aiguière de style antique grec, représentant sur la panse et en relief : Eros et deux femmes.

Quelques parties de cette pièce sont damasquinées d'or.

67 — **FER.** Rampe forgée. Travail français de l'époque Louis XIV, provenant d'une maison de la rue Croix-de-Fer (Rouen).

68 — **FER.** Marteau de porte et sa rondelle découpée. Travail espagnol du XVe siècle.

69 — **FER.** Horloge en fer ciselé. Travail du XVe siècle.

70 — **FER** Quatre petites guirlandes de feuilles de chêne, ornées de glands. Travail découpé, repoussé et doré, de l'époque Louis XIV.

71 — **Email de Limoges.** Coupe à piédouche décorée par Jean Raimond. Au centre, le profil du Christ; autour, dans des couronnes de feuillages, Saint-Simon, Saint-Jacques, Saint-André, Saint-Mathias. Le piédouche est restauré.

Diam. 0,19.

72 — **MARBRE**. Buste de jeune Femme, grandeur nature (École française du XVIe siècle).

73 — **BRONZE**. Encrier a base triangulaire surmontée de trois enfants portant sur leur dos le godet, dont le couvercle est orné d'une autre figurine d'enfant (XVIe siècle).

74 — **BOIS**. Deux Cariatides à masques et ornements (XVIe siècle).

74 *bis* — Deux autres Cariatides, de même époque et d'ornementation différente.

75 — **ÉMAIL**. Le Calvaire ; signé au revers : LAUDIN, au fauxbourgs de Manigne, à Limoges.

Le cadre en cuivre rouge repoussé et doré est orné d'arabesques en argent repoussé. Travail du XVIIe siècle.

76 — **ARGENT DORÉ**. Calice à couvercle, orné, sur le gobelet et la base, de trois ceintures en argent niellé, émaillé, de sujets de figures et d'arabesques, alternés.

Les ornements translucides à paillons, le couvercle est surmonté d'une figure de guerrier debout.

Le Calice est du XVIe siècle, et les zones sont d'un travail postérieur.

H. $0^{m}48$.

77 — Bouclier rond en fer, gravé et damasquiné, orné d'arabesques, trophés militaires et têtes de personnages casqués.

78 — **IVOIRE.** La Vierge tenant l'enfant : belle statuette, bien sculptée et drapée. Art français du XVIe siècle.

H. 0^{m}26.

99 — Jade, cristal de roche et autres matières dures. Huit pièces diverses.

80 — **BRONZE DORÉ.** Saint Madeleine, saint Jean. Deux statuettes du XVIe siècle.

81 — **BRONZE DORÉ.** Baiser de paix, représentant le Christ soutenu par deux anges. Travail de l'époque Louis XIII.

82 — **École française du XIXe siécle.** Deux Miniatures provenant d'un livre d'heures, représentant la Pentecôte et le Calvaire.

TAPISSERIES

83 — **Tapisserie au point.** XVIe siècle. Allégorie représentant les malheurs des Pays-Bas :

Cette très curieuse tapisserie, datée 1597, représente une femme assise (les Pays-Bas) entourée d'un français, d'un anglais, d'un espagnol et d'un flamand occupés à la tourmenter ; une figure assise représente l'Avarice, une autre l'Ambition : un Cartouche porte le monogramme H. A. C. B.

Une inscription brodée est ainsi conçue : « L'espagnol, le franchois, et langlois et les miens, ò, pauvre païs bas : ont ravi mes Biens. »

H. 1^{m}16. L. 1^{m}72

84 — Morceau du xve siècle, représentant deux Anges soutenant une armoirie, portant de gueules au chevron d'argent, trois besants de même 2 et 1.

85 — **Epoque Gothique.** Tapis d'appartement à fond pourpre, ornements gothiques en camaïeu vert au centre et aux angles ; chaque motif d'ornementation renferme une armoirie, portant d'azur au chevron d'argent renversé en pointe, chargé de trois cœurs de gueules.

86 — Portière. Semis de gros feuillages, époque du xvie siècle.

87 — **AUBUSSON.** Deux Portières verdures et Oiseaux avec bordures.

88 — **AUBUSSON.** La Diseuse de bonne aventure, toutes bordures.

Verdure avec petits personnages, composition de J.-B. Leprince, époque Louis XV.

89 — **Fabrication française.** Mariée portée à un bac par deux hommes. Très curieux morceau de l'époque du xve siècle.

90 — **ARRAS.** Portière verdure semée de plantes et animaux, époque du xve siècle.

91 — Tapisserie française, époque Louis XIV : Très jolie verdure et bordure, Berain.

92 — Sous ce numéro, deux Portières verdures des fabriques d'Aubusson.

93 — Tapisserie Lombarde du XVIe siècle. Grand fragment représentant les Œuvres de Miséricorde.

94 — **Tapisserie** du XVIe siècle. Petit Panneau représentant un épisode de l'Histoire d'Esther.

95 — **Tapisserie gothique**. Très curieux spécimen du XVIe siècle, représentant des chevaliers combattant un ours et divers autres animaux.

FAIENCES ANCIENNES

96 — **Deruta.** Plat rond, décor polychrôme et à queues de paon, au centre une zone dans laquelle un Buste de femme vue de profil et le nom Lucretia

97 — **Faënza.** Petit plateau ; décor de trophées militaires en camaïeu bleu rehaussé de blanc. (XVIe siècle).

98 — **Urbino.** Plat drageoir, décor polychrôme, représentant Diane et ses nymphes (XVIe siècle).

99 — **Palissy** (Suite de). Petit Plateau rond, bord échancré, orné d'une ceinture de masques, et au centre de feuillages.

TABLEAUX

100 — **Alsner** (Jacob). Ecole allemande XVIe siècle. Protrait de Georges Eizelen, bourgmestre de Nuremberg, représenté à mi-corps, coiffé d'une toque. Ce personnage tient dans ses mains un chapelet.

Peinture d'un beau caractère.

Bois. — H. 0[m] 37. L. 0[m] 26.

101 — **Mabuse** (Jean Gossaërt, dit de). Sainte-Famille.

La Vierge est représentée assise, tenant son divin enfant sur ses genoux, dans un intérieur orné de meubles de la Renaissance ; par une porte l'on voit Saint Joseph sous le manteau d'une cheminée.

Très curieux tableau d'un fini précieux; cintré du haut.

Bois. — H. 0[m] 90. L. 0[m] 55.

102 — **Ecole italienne**. Retable d'autel divisé en triptyque dont l'encadrement est sculpté ; le panneau central représente la Vierge et l'enfant; les panneaux latéraux saint Marc et saint André.

Signé : Matheus. Peinture à la détrempe, époque du XVIe siècle.

103 — **Ecole française**, XVIe siècle. Création d'un chevalier.

Un prince de la maison de Savoie debout sur une estrade est entouré des gardes des princes et dignitaires de la Cour, pendant que le héraut d'armes lui attache les éperons.

Fort curieux tableau et toile.

104 — **Terre cuite**. Mme Récamier. Buste d'après Chinard.

105 — Les Objets omis.

Ve Renou et Maulde, imprimeurs de la Compagnie des Commissaires-Priseurs
rue de Rivoli 144. 300—54346

www.ingramcontent.com/pod-product-compliance
Ingram Content Group UK Ltd.
Pitfield, Milton Keynes, MK11 3LW, UK
UKHW020541180726
13839UKWH00006B/2655

9 782329 480367